不仁한 칼

송한범

대전출생(본명 宋寅昌)
충남대학교 대학원 철학박사
1967년 제6회 문화공보부 신인예술상 시부문 수상
1971년 고려대학교 대학생 학술문예현상 시부문 대상 수상
1976년 〈심상〉 신인상으로 등단
현재 대전대학교 인문예술대학 철학과 교수
저서 : 〈동춘당 송준길〉〈오행, 그 신비를 벗긴다(역저)〉외 다수

Song
Han
Boem
Poetry

송한범 시집

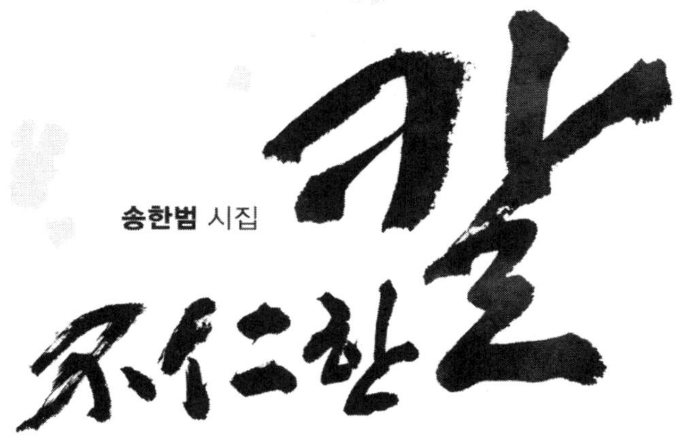

새미

차례

서문 • 荒地에 번득이는 사랑의 칼날 • 김종길　　9

제1부

不仁한 칼　　15
7월이 오면　　16
受信不明의 가을에게　　18
所願1　　20
所願2　　21
빈 손　　23
생각보다 언제나　　25
무너진 돌다리　　26
편지　　27
기도를 잃다　　28
거울1　　30
斷章　　31
오늘　　33
浮標　　34

제2부

얼음방에서　　39
빈 산　　40
생각의 문　　41

하늘바다 42

겨울산 43

칼이었어 44

당신을 만나면서 45

圍籬安置 47

광대여 48

갔다, 갔다 49

그럴 수 있다면 51

칼을 다오 52

장마 53

그 날 54

새벽 55

荒地에서 1 56

무덤 58

거울 2 59

거울 3 60

거울 4 61

거울 5 62

거울 6 63

거울 7 64

거울 8 65

거울 9 66

거울 10 67

바다 68

꿈 69

봄 70

落果 71

가을비 72

대못을 치며　　　　　　73
訃音　　　　　　　　　74
다시 거울 앞에서　　　75
荒地에서 2　　　　　　76
荒地에서 3　　　　　　78

제3부

歸船　　　　　　　　　83
復活　　　　　　　　　88
寓話　　　　　　　　　98
수유리에서　　　　　102
假橋 아래서　　　　　106
비탈 위에서　　　　　110
빈 터에서　　　　　　113
그 사월　　　　　　　116
廢園에서　　　　　　120

시인의 말　　　　　　123

荒地에 번득이는 사랑의 칼날

김종길(시인, 고려대학교 명예교수)

이 시집의 저자는 현재 대전대학교 철학과 교수이며 그 대학 동양문화 연구소 소장이기도 하다. 그 밖에도 그는 한국철학회 부회장, 한국동양철학회 회장, 한국주역학회 회장과 같은 굵직굵직한 직책들을 역임했다. 그런가 하면 그는 학생시절인 1971년 고대신문高大新聞 주최 제1회 전국 대학생 학술 문예 현상 모집에서 시 부문 당선의 영예를 누리고 1976년에는 월간시지 〈심상心象〉의 신인상을 수상하기도 하였다.

이와 같은 그의 현재의 지위와 과거의 행적 사이에는 일견 모순 내지 부조화不調和의 느낌이 없지 않다. 그러나 그처럼 철학을 전공한 현대시인의 대표적인 예인 엘리엇(T.S. Eliot)은 학업을 마친 뒤 금융계, 출판계에 몸담았던 시인이다. 엘리엇에 비하면 이 시인의 직업은 자기의 전공을 십분 살리고 있는 셈이다. 그 뿐만 아니라 그는 동양철학, 그 중에서도 유가철학儒家哲學을 전공하는 학자답게 한국유가의 전통을 계승하고 있다. 왜냐하면 한국의 옛 선비들은 학자인 동시에 시인이었기 때문이다.

그러나 지난날의 유가시儒家詩인 한시漢詩가 대체로 도학道學과 풍류의 온건한 복합물이었던 것과는 달리 이 시집에 수록된 작품들 가운데는 격렬하거나 강개慷慨한 어조를 보이는 것들이 주류를 이루고 있다. 시집 제목 자체가 〈不仁한 칼〉이거니와 이 시집에서 특히 두드러지는 어휘가 칼, 작두, 죽창竹槍, 대못 등이며 분단과 전쟁과 혁명이라는 지난 반세기 동안 우리 민족이 겪은 그야말로 '不仁한' 상황들이 이 시집의 작품들의 기본배경이다. 그리하여 그와 같은 어휘와 상황이 결합될 때 빚어지는 시적 효과는 원한怨恨에 사무친 살풀이와 같이 격렬하다. 여기서 우리는 다시 한 번 철학을, 그것도 유가철학을 전공하는 대학교수라는 이 시인의 사회적 신분과 그의 시 사이의 표면적인 괴리乖離와 마주치게 된다.

이와 같이 이 시인에 있어서는 한 개인으로서의 그와 한 시인으로서의 그가 판이하게 분리되어 있다. "예술가가 완벽하면 할수록 그에게 있어서는 경험하는 개인과 창조하는 정신이 더욱 완전히 분리되어 있는 법"이라고 말한 이도 엘리엇이었지만 이 시인은 엘리엇의 이 말을 다시 생각하게 한다. 이 사실이 이 시인의 예술로서의 완성도를 가늠하는 척도가 되는 것은 아니라 하더라도 적어도 그의 시적 음성의 격렬

함을 뒷받침하는 것임에는 틀림이 없어 보인다. 우리가 앞에서 말했듯이 그의 음성은 또한 강개하다. 이 점은 격렬함과 종류가 다른 것이 아니라 정도가 다를 뿐이다.

이 시집은 도합 3부로 나뉘어져 있는데 어조는 제1부에서 가장 격렬하고 제2부에서 다소 잔잔해진 후 제3부에서는 강개 내지 장중해진다. 특히 제2부에 수록된 〈荒地에서 1,2,3〉 세 편을 거쳐 제 3부를 이루는 아홉 편의 작품들은 50여행에서 200여행에 이르는 장편시로 그 유창하고도 장중한 스타일과 스케일이 읽는 사람을 압도하는 느낌마저 준다. 이와 같은 장편시는 자칫 허장성세나 시적 요설^{饒舌}에 빠질 위험이 없지 않지만, 이 시인은 이를 잘 비켜가면서 대체로 호흡이 짧은 우리 현대시인들에게 의미있는 시사^{示唆}를 던져주고 있다.

이 시집의 권두시이기도 하고 표제시이기도 한 작품 〈不仁한 칼〉은 "사랑은 칼이다"라는 행으로 시작하여 "나는 오늘도/ 나를 베고 또 벤다"라고 끝맺고 있다. 그리고 보면 원한에 사무친 살풀이처럼 느껴지는 이 시집의 격렬한 몸부림도 기실 이 시인의 자신과 육친과 민족에 대한 치열한 사랑의 몸짓이었던 것이다.

이순^{耳順}의 경지에 접어들어 첫 시집을 내는 송한범

시인에게 아낌없는 박수를 보내며, 머지않아 둘째, 셋
째 시집들이 잇달아 나올 것을 기대해 마지않는다.

2009년 새해 아침 金宗吉

제1부

不仁한 칼

사랑은 칼이다
뒤돌아보면 하늘은 책 속에 갇혀 있고
맨발로 절벽을 타고 오르는
거친 파도소리 뿐

늘 그림자 속에 숨어살던
내 빈손의 새벽 出行 앞에
시궁창에서 무장해제 당한 꽃들이
福音으로 지고 있다

사랑은 칼이다
칼집 찾아 스스로 피 흘리며
산천의 후미진 곳 찾아
홀로 허기져 헤매는
不仁한 칼이다

당신의 칼날에 스러지고 싶은 오늘
봄날은 또 그렇게
절뚝거리며 가고 있다
나는 오늘도
나를 베고 또 벤다

7월이 오면

화로봉 그림자 설핏 등에 업고
등황색 원추리꽃 다투어 피어날 때
당신은 패전의 귀환병 얼굴로 떠오른다
뒤돌아볼 수 없이 커버린 세월 앞에서
오늘도 오지 않는 답신 기다리며
보리밭길 그 노란 배고픔으로 편지를 쓰다가
날 세운 풀잎에 가슴을 베인다

생솔가지 빈손 치맛자락에 감추곤 하시더니
허기져 우는 칠남매 마른 까치밥으로 남겨두고
칠월 자갈밭 타는 목마름이야
홀로 다 껴안고 쓰러지신 어머니
목구멍에 걸린 시래기 한 잎 그대로 둔 채
황망히 헛발 디디며 봉정암 비탈길 오르던 당신의
마른 풀잎보다 가볍던 下棺의 무게여

하늘도 축복해준다는 知天命 기다리지 않고
때늦게 안팎으로 울어대는
청개구리들의 취한 빗소리 뚫고 가시던 날
서둘러 떠나며 남기신 이승의 대못자국들
해마다 칠월이면 덧나 피 흘리는가

뒤축 다 닳은 옥빛 고무신 한 켤레
먼지 긴 영정 속에서도 편히 잠들지 못하시며

타관살이 같은 내 耳順의 생을, 이 대책 없는 갈지자걸음을
아프게 매질하고 또 매질하고 있는데
산비알 보리밭 태우는 쑥국새 울음
날개 잃은 혼불로 피어나
푸른 산하를 깨우고 있다

受信不明의 가을에게

잎이 지지 않는 가을을 만지작거리다가
궁남지 연꽃 하얗게 피고 지는 소리에 눈과 귀 모으기도 했습니다
하늘 관통하는 우레에도 천년 바람에도
마음의 속살 열어 보이지 않던
영국사 은행나무도 곤히 잠든 시간입니다

수확할 한 평의 땅 없이 가을은 저 홀로 저물고
버릴 것 하나 제대로 버리지 못한 나의 生은
진창 속에 살(肉)의 빌딩이나 세우며
鬼面의 시간, 아프게 陰刻해 온 나날이었습니다

당신의 고백성사, 그 간절한 몰입의 의미는 무엇입니까
언제나 날선 은장도 달빛에 묻고 잠든다는
당신 서가의 빛바랜 體鏡이 문득 어른댑니다
나의 무능을 질타하는 당신의 슬픈 기도가
새 세상 알리는 쇠북 소리마냥 되살아나는데

술 취한 네온들은 떼 지어 쓰러지며
가을보다 앞서 지는 푸른 은행잎으로
자신의 멍든 그림자를 지웁니다
한번의 저항 없이, 온 생을 살라 바치는 공양도 없이
쫓기듯 가을은 빠르게 퇴각하고 있습니다

지옥 가는 길마저도 환히 보이는 지금
피난열차 꽁무니에라도 뛰어 오르고 싶습니다,
당신과 함께 한다면

所願1

땅보다 낮게
바다 속까지 내려앉는 산*
그 넓고 푸른 가슴으로 달려가
오늘은
당신의 봄을 경작하고 싶다
깨진 콘크리트 난간을 칭칭 감아올리며
새벽에도 生殖의 힘겨운 登程 멈추지 않는
저 담쟁이넝쿨처럼
내일은
당신의 가을을 추수하는 순한 노예이고 싶다
耳順의 저녁에도 사랑은
막다른 골목의 별똥별까지 태우는
들불로 활활 타오르는가

* 이 대목은 낮은 땅 밑에 높은 산이 있는 모양을 표상하고 있는 〈주역〉
  열다섯 번째 괘인 地山謙卦를 차용한 것이다. 지산겸괘는 자신을 낮
  추고 낮추는 상으로, 자신보다 못한 자에게 자신을 더욱 낮추는 겸허
  의 극치를 나타내는 것이다.

所願2
— 연시를 쓰지 않는 사람에게

당신의 사랑은 철학의 고고한 철대문입니다
봄날의 적요를 태우는 들불입니다
살아온 만큼 힘주어 두드려도 끝내 열리지 않는
당당한 침묵 앞에서
나의 철학은 언제나 안개 자욱한 허구의 바다가 되고
그 막막함과 외로움에 익사하는
등 굽은 어부가 되고 맙니다, 나는
늘 뒷걸음치는 당신 사랑의 종착지는 어디입니까
청개구리 떼 지어 짝을 부르는 갈대 늪에서
업고 넘어지는 울음들이
나의 옹색한 서재를 무단점령하고 있는데
꿈속에서도 멈출 줄 모르는,
당신을 향한 나의 오체투지는 언제쯤
달빛 밟고 천상을 오르는 종소리가 될까요
지워진 흙길 다시 찾아
개망초 무성한 들판을 헤매는
내 전생의 황구 한 마리 가슴을 치고 지나갑니다
한쪽뿐인 어깨로 타오르는 불길이
온밤을 서럽게 밝히고 있습니다
몸이 끝나고 마음이 가벼워지는 자리에서
사랑은 언제쯤 스스로의 거룩한 열매가 되어
한여름 폭염을 씻어내는 장대비가 될 수 있을까요
이 세상 불의한 모든 것을 단칼에 베어버리는

천둥 번개는 될 수 없는 걸까요
이 밤 낯선 글자들에 등을 기대어 맥없이 떠도는 별로
당신의 철대문 앞에서 서성이고 있습니다

빈 손

내일이 없는 별이고 싶어서
뒤란에 꽃 한 포기 심은 날은 마침 흐린 오후였지요
가슴 깊은 곳의 불길을 잡아
등불 밝히려 했지만
손(客)하나 안 드는 한밤
찬 땅에 엎드린 악머구리 울음은
왜 그리도 집요하게 내 몸을 두드렸을까요

억울하지 않은 별이고 싶어서 탄 새벽차인데
손뼘 만한 뜨락조차 빼앗긴 터에
예이츠의 '이니스프리의 호도'
그 호젓한 주인공은 너무 먼 꿈이었던 것이지요

나비보다 작은 심장을 키워야겠기에
겨울파도와 갈가마귀를 사랑하기도 했지만
홀연 이울어버린 말들을 어떻게 다시 올릴 수 있을까요
태양을 똑바로 겨누지 못하는,
살아있음이 부끄러운 나의 눈먼 사랑은
생선가시만 남은 빈 식탁인 거지요

눈을 떠도 길은 보이지 않는데
손잡으면 왜 모든 것은 달아나기만 할까요
다시는 놓치지 않겠다고 세운 이 초막
가시밭 벌거숭이 산 밑을

연인이여, 잠시 들러 쉬어 주십시오

내일이 없는 작은 돌 하나이고 싶어서
마음에 용서를 심은 날
언제나 한몸되어 연꽃 한 송이로 개화하고 싶은
이 아침이면 더욱 고맙지요

생각보다 언제나

생각보다 빨리 봄이 오고
생각보다 늦게 사랑이 왔다

생각보다 더디 가을이 오고
생각보다 먼저 이별이 왔다

풀잎보다 가볍게 내 몸 벗는 날
언제 올까
생각보다 빨리 혹은
생각보다 늦게

무너진 돌다리

살아오는 동안 色을 타고
푸른 꽃잎 떨어지는 소리 들었던가
잘린 꼬리 안고 큰 강 건너는
여우들 울음에서 쇠가 묻어난다*
내가 없는 세상에
또박또박 점 찍으며 가을비 내릴 때
비틀거리는 저녁의 입자들 흩어지며
알몸으로 사람 찾는 소리 하나 있어
가을 산의 적멸을 가시로 찌른다
마음 속 희고 붉은 색들 엉켜
무너진 돌다리로 남아
캄캄한 세월을 건너 왔던 것
내 사랑 마른 풀잎 되어
가닥가닥 그리움의 뼈로 빛나는 밤

* 〈주역〉 마지막 괘인 火水未濟괘에서 그 이미지를 차용하였다. 미제
 괘는 상괘인 불과 하괘인 물이 어긋나 서로 만나지 못하는 모습을 표
 상하고 있다. 여기에서 未濟 즉 미완성의 의미가 도출된 것이다.

편지

잠보다 흉한 꿈이 더 많은 날들입니다
집 나간 당신의 겨울 신발 앞에서
빈 몸으로 쓰러지는 동해바다의 고통을 보았습니다

우레와 모진 바람 몰아치는 눈보라 안고
당신의 은장도는 겁 많은 짐승처럼 숨어버리고
질척대는 시궁창 속에서
남근이 잘린 사내들, 맹목의 깃발 흔들고 있습니다

살아온 만큼 쌓인 원망과 절규가
서러운 가을 햇살 속에서
부서진 유리조각으로 일어서고 있는데
중심을 세워 결단코 방향을 바꾸지 않는다는*
〈주역〉의 한 대목 앞에 멈춰 섭니다

언제나 시퍼런 칼날 위에서 아슬아슬
물구나무서던 우리의 만남을 생각하며
당신의 울음으로 잠을 청합니다

당신을 만나고부터 가을의 속앓이 걷히고
들꽃 한 송이, 개천의 몽돌 하나에서도
사랑은 뜨겁게 빛났습니다
세상에 사랑보다 나은 약은 없음에
살보다 마음이 더 그리운 오늘

* 〈주역〉 서른두 번째 괘인 雷風恒卦 大象傳에서

기도를 잃다

한 줄기 섬광으로 살자
한 알의 사금으로 살자
시간 속에 물안개 같은 벽이 끼던 날
내가 그림자 앞에 선다
가스등이 밝았으면 하는 공원에
부서져 날리는 나의 분신들
그것은 별들의 비늘이다

피가 더운 낮의 한중심에서도
목마의 피부와 닭 깃을 훈장처럼 달고
나는 여기의 王이다 소리치면
볼 수 있을까
깃발 되어 나부끼는 찬란한 시의 언어를

패각을 비집고 나온 속살의 앓음이여
순한 노래의 임자여
바위여, 바위의 눈빛이여
당신은 아는가
꼭짓점을 잇는 곡예가 아슬해질 때
눈 내리는 하오의 화실을 그려볼 때
우리는 이내 기도를 잃었던 것을

한줄기 빛이나 한 알 사금으로 살다가
뿔뿔이 도망가는 의지를 섧게 바라보다가

내 그림자 데불고 해안에 선다
저기, 저기
눈감을 수밖에 없는 사랑의 색깔

거울 1

사월에도 목련은 꽃 피우지 않았다
기다리는 주인 돌아오지 않고
하늘만 바라보는 빈 논의 목마름이
무성하고 장엄한 하오
뒤돌아보면
세상은 저리도 고요하기만 한 것을

斷章

1

바랜 꽃잎 모양을 한 거리
내가 정오를 간다
문득 안호랑에 집어넣었던
한 옴큼 유리구슬 생각이 나서
나는 슬픈 연가를 날리는 척한다

2

그는 괜히 색안경을 썼겠지
시방 내 앞에 부서지는 유리조각을 스케치하다가
가슴 속에 차오르는
빛으로 도금한 사랑의 언어를 안다

3

가끔 밤이 아닌가 싶은 마음이 되기도 하는데
노래는 城 아래 흩어지며 구르며
날개 같은 펄럭임를 낸다
느릅나무 가를 돌아 내빼던 시절에
모래톱을 쌓으며 내가 있었고
화덕같이 달아오르는 꿈의 집산을 사모하여
나는 귀족의 후예거니 했다

4

미소는 왜 생겨났을까

한 번 다물어진 미소는
꼭 같은 형상으로 못 돌아오는 걸까
별의 대화가 바람을 앞질러 가고
그리하여 그것은 모두의 성장을 기도한다

5

몹시 사랑했던 한 삼류시인의 연인이여
손가락 하나를 써서 도려내고 싶던 눈빛이여
내 눈 가장자리에 덮칠 듯 시위어가는 팔랑개비여
당신과 나는 알 것인가
풀풀이 승화하는 꽃의 그 내밀한 아픔을

오늘

표피를 가르고 나오는
긴 사색의 가람
한 움큼 정을 담아보듯
소중히 다루어 온 햇싸래기
계절의 섬섬한 이웃들이
밖으로만 세월을 밀어내고

날이 저물고
그리하여 날이 새는 입지에
아, 쏟아져 질펀하고 질긴
인연의 열매

손 흔들어 보내기는
차마 서운하므로
잠시 눈이 아플 때
포말처럼 부서지며 나들이 가는
찰나의 점철

紅紗
엷은 자락에 그리매 앉듯
오늘은 대강 잊어버리고 쉬는 것

浮標

언젠가 청자빛 하늘 우러러
아득한 추락을 그려보기도 했지만
지금은 무서리 된 입김 속 꿈이
달만큼 희다

바다에 가지 않아도
쏟아지는 청징한 빛살
그것은 한참동안이나
나와 우리를 슬프게 하는 話頭였거늘

그날 노을은 어지럽게 불타고 있었다
붕새(鵬)여
천지가 처음 열린 때 비로소 탄생한
그림자로만 사는 새벽이슬 같은 새여

네가 들어야 하는 노래는
많이 가난하고 아픈 평등의 선율일 뿐
바람 막을 꽃들의 영롱한 적막
그 안에 숨어살면서
눈 속 매화, 그 高絶한 의지를 갈구하는
나의 맨발 부르튼 기도를 듣는가

만일 나의 조급한 신앙이
내 몸 떠난 평화의 한 궁전 세우게 한다면

내가 밤새워 새로 꽂을 수 있는 깃대는
초록색 아니면 연분홍색일까

천국으로 가는 기차가 어디 있을까 알지 못하여
물결 따라 소용돌이치며 흘러갈 뿐이므로
사람이여 그들은 그들끼리
나는 또 나 홀로 흔들리는 浮標인 것을

제2부

얼음방에서

四君子를 치다가
불나방들의 장렬한 곡예를 보다가
전화선을 타고 온
동지의 訃音을 가슴에 담는다

허기 속에 피울음 팔아 쓴 글들이,
절뚝이며 얻은 자유가,
빈방 지키며 눈물로 채운 기도가,
건널 수 없는 강 건너며 쏟아낸
이 평생의 千言萬語가,

썩은 인분보다 더 독한 꽃으로 피어나고
제 키보다 큰 욕망을 등에 진 까닭에
철이 바뀌어도 제 길 떠나지 못한 철새들
회색의 뒷골목을 맴돌고 있는데

돼지에게 던져진 진주보다
손톱 밑의 때보다 더 하찮은 나여
어울려 풀어야 할 문제들이 저리 쌓여 있는데

나는 아직도 재림예수의 기적이나 고대하고 있는가
단풍들지도 않고 지는 잎을 보며
등불 꺼진 이 얼음방에서

빈 산

고해하듯 긴 사슬을 끌며
푸른 잎들이 지고 있다

돌아보면 春畫圖보다 못한 생
도처에 벼린 칼날과
어둠 속을 뒹구는 빈 술병

비틀대는 黃狗 한 마리
비를 맞고 있다

가을은 피 흘리며
빈산으로 무너지고 있는데

생각의 문

꿈이 죽어가면서 검붉은 피를 흘리고 있다
팔 잘린 나무들 쫓기듯이 산을 내려오고
신 새벽 무덤 하나 없는 바다에
썩은 물고기 머리와
매 맞아 멍든 하늘 하나가 엎어져 있다

시위를 떠난 화살로 도망가는
치욕뿐인 벌거숭이 그림자여
견고하게 닫힌 생각의 문 속에는
빈 자궁의 살찐 여인들의 눈길이
날벌레처럼 득실거리고 있다

얼굴들 속에서 얼굴을 버리면
우리의 마음은
희망으로 또는 그리움으로 가득 찰까
세상은 언제나
풀숲에 맺히는 작은 이슬방울만은 아니었던 것을

하늘바다

한쪽뿐인 어깨로 산을 오른다
일찍 잠깬 새들 시간 밖으르 숨어버리고
山頂에는 이방의 크고 작은 발자국들 어지럽다
사슬에 매여 관절이 꺾인 나무들 사이
속 빈 세월의 찢긴 이마가 퍼렇게
젖은 불빛으로 떠오른다

살아온 만큼 뉘우치며 다시
겨울 강의 얼굴로
지도에도 없는 산 허기져 오르며
隱者를 찾아 북극성을 향하는
야위고 지친 불빛을 찾는다

절벽 위에 또 다른 절벽 하나 걸어놓고
홀연히 저무는 무지개여
눈을 뜨고 살 수 없는 나라
봄이 와도 색을 바꾸지 못하는 풀잎들

저 일몰의 하늘바다가
뒤늦게 힘겨운 말문을 열 때
내 마음 그제야 때 절은 옷 벗을 수 있을까

겨울산

나이만큼의 층계를 오르면서
내가 무릎 꿇고 기다린 것은 무엇?
때로 살과 마음도 벗어놓고
내가 숨죽여 기구한 것은 무엇?

안락한 아파트?
수염 많은 하느님?
달짜근한 사랑의 시?

진흙비 속에 세상의 길 끊기고
쫓기는 꿈의 피투성이 발자국들 몰려와
낙엽진 나의 밤을 힘주어 목 죄는데

내일은 언제나 삭제된 문장처럼
젖은 불빛으로 흘러가고
기다리던 날은 오지 않았다

살기 위하여
스스로 나의 감옥이 되는 오늘
알몸으로 겨울산을 오르고 있다

잘 가라, 죄 많은 날들이여
강물 위에 쿨럭거리며 떠도는 빈 술병처럼
남 몰래 비틀거리던 골목들이여

칼이었어

하느님의 거룩한 말씀도
진흙 속에서 이제 막 피어나는 연꽃 한 송이도
당산나무위에 걸린 유년의 무지개도
아내 몰래 숨겨놓은 적금통장의 비밀번호도
대학 정교수의 직함도
내게는 기름진 목을 치는 칼이었어

살아서 더 캄캄하고 목마른 하늘이여
죽어서도 저 혼자 기다리며
알몸으로 비틀거릴 발자국이여
새벽길은 십리 밖에서
등 굽은 바람과 놀고 있고
별은 끝내 보이지 않았어

마음의 구석마다 칼, 때 아닌 칼
문득 잿빛 하늘을 바라보면
집을 잃은 철새들의 그림자가
진눈개비로 흩어져 빈 뜰을 난무하다
다시 칼날로 부서지고

당신을 만나면서

당신을 만나면서 나는
교활한 지식이나 썰어 파는 녹슨 칼이었다
고급 아파트와
술 취한 적들이 남몰래 버리고 간 몇 장 독 묻은 지폐와
미쳐 날뛰는 허황한 구호와
누대의 고독과 허무 앞에서
무릎 꺾고 홀로 白旗 흔드는 살쾡이었다,
도회의 시궁에 어린 불빛이나 핥고 다니는

당신을 만나면서 나는
바스티유를 부순 파리 시민을,
저 대양의 성난 파도를 다시는 볼 수 없었다
빗나간 자존의 늪에서
눈가림이 들끓는 병실에서
말의 황홀 뒤쫓으며 부끄러운 줄도 몰랐다

눈을 뜨면 아직도 뒤엎어진 논과 밭
겹겹 뿌리내린 종속과 배반으로 얼룩진 산하며
탕진한 세월의 눈먼 자유며
쓰러지지 않으려 뿔뿔이 도망가던 어린 풀잎들 사이
나는 무기력한 思想의 유리병에 갇힌
한 마리 날벌레였을 뿐

당신을 만나면서 나는

살아온 만큼보다 더 많은 죄를 짓는다
가을은 제 몸을 비워 더욱 눈부시고
후박나무 마른 가지마다 새들은
흙빛 가슴을 깊이 묻는다

圍籬安置

허기진 어머니의 혼백일까
몸도, 세상 밖의 꿈같은 집도 버리고
겁 많은 아내의 TV속 철지난 행복도 버리고
세월의 감옥 안 고단한 잠도 버리고
기계와 지폐만이 퍼렇게 눈떠 性交하는 시간

깨진 밥사발 내던지며 나를 태우리라
염천의 농약병 홀로 머리맡에 놓아두고
밤새워 유황불에 온몸 적셔 기도한 후
폭탄처럼 쓰러지고 싶을 때

겟세마네 동산의 순결한 代贖은 누구를 위해서였나
피울음 넘쳐 산천을 덮던 뜻은
어느 강에 가 닿았는가
그날의 천길 벼랑을 뛰어넘던 불꽃들 어울려
거룩한 역사를 다시 보고 싶은데

지은 죄 너무 많아 고백성사도 드릴 수 없는 밤
깨진 거울 속에 숨은 어둠 쏟아지며
캄캄함 속에서 눈 떠지는 옛님들의 실루엣 따라
뒤돌아보면 언제나
우리들 단절의 가시철망은
바로 우리 자신이었던 날들

광대여

부처를 만나면 부처를 죽이고
조사를 만나면 조사를 죽이고*

나를 만나면 나를 죽인다

나는 누구이고
나는 어디에 있는가

광대여,
동전 한 닢을 향한 나의 열연이여
두꺼운 육질만 남은 나이여

* 중국 당나라 선승 임제선사의 〈臨濟錄〉에서

갔다, 갔다

갔다
탄피를 줍던 어머니의 어질병 세월도
생목들 뿌리째 뽑혀 신음하던 국경의 낯선 풍경도
땅 빼앗긴 貧農의 대낮 눈먼 악다구니도

갔다
아편처럼 홀로 불타고 무너지던
첫사랑 긴긴 밤의 청동빛 고백도
모른 사이 떨어진 목련의 피맺힌 몸짓도
묵은 보리밭 등에 업고 개처럼 끌려가던
모반의 주먹밥 한 덩이도
이 능지처참할 육신도

갔다
시도 때도 없는 살쾡이의 교합 소리 곪아터진 땅에서
온몸으로 선한 모닥불 지피던 쇠스랑 손도
녹슨 새벽 문살 닦던 작두 같던 가슴도
욕된 사랑을 깨우는 죽창도

갔다
잠깐 힘없이 빛났던 내 반딧불 영혼도
만월의 겨울바다 괭이갈매기의 자유도
구하면 주리라던 복음의 한 대목도
잘못된 희망마저도

갔다
기다려도
눈 막고 입 막고 밤새워 기다려도
기다림 그것도 갔다

오늘, 아버지의 둘째 아내가 갔다

그럴 수 있다면

살(肉)을 살로 보지 않고
깊은 밤 홀로 깨어 빛나는
별로 볼 수 있다면

꽃을 꽃으로 보지 않고
저 산안개처럼 상처를 감싸 안는
하느님 말씀으로 볼 수 있다면

물을 물로 보지 않고
뜨겁게 홀로 용솟음치는 깨끗한 피로
태고적 목숨 뿜어내는 해와 달로 볼 수 있다면

한잔 술에 취해 눈먼 사랑을 붙잡고
녹슨 철근처럼 부스러져 가는
감옥 같은 나이에 그럴 수 있다면

눈을 뜨고
아무리 얼음물에 얼굴 씻고
사방을 둘러보아도
사람의 얼굴 하나 보이지 않는 이 때

칼을 다오

칼을 다오
힘들여 얻은 널찍한 아파트
싸늘하게 쌓아올린 대학의 정교수자리
사랑 없이 맺은 감자빛 욕정
일거에 내리쳐
쓰레기 소각장에 보낼 수 있게

칼을 다오
평생 등 떠밀려 하루살이처럼 살아온
책 속의 세월
사람 속에 사람을 가두고 마는
얼굴 없는 이념의 음험한 웃음소리
오월의 바람난 햇살 내리쳐
간척지 캄캄한 뻘 속에 묻을 수 있게

칼을 다오
시간보다 빠르고
시간보다 더 강한
우주를 단방에 가를 수 있게

칼을 다오
내 병든 남근 잘라
먹물보다 시커멓게 썩은 피로
지장보살도 한 장 그리게

장마

문득 얼굴도 버리고
마음도 버리고
살며 쌓아온 모든 인연 다 버리고

내가 민둥산 되어
이 나라의 온갖 추위와 설움
다 껴안아 홀로 불 밝히고 싶을 때

때 아닌 장맛비
갈 길 끊기고 날은 저물어

늘, 독약 같은 하루여
변방으로 쫓겨 다니며 부르튼 발길이여
시퍼런 능구렁이 울음
밤 새워 죄의 그림자 토해내며
누군가의 핏자국을 따라가고 있다

산지사방 깨진 농약병
그 사이로 비닐꽃 숨어숨어
흔들림으로 살아 있는 날

그 날

인간의 본성은 선하다
그렇다, 아니다

불 꺼진 연구실, 빈 강의실에서
우리가 남과 북 되어
늙고 병든 질문의 허리를 부둥켜안고
절망이 더 많은 세월의 잠 속으로
하나 둘 빠져들 때
배고픈 하늘 보며 어둠 속에서
얼굴 뒤집고 서로가 敵이 될 때

발광하는 최루탄 아래 몰려온 몽둥이에
두개골 으깨진 너는
줄지어 쫓기던 지친 풀잎들 사이에서
캄캄한 절벽 끝 새벽별을 향하여
군홧발에 짓밟혀도 두 눈 부릅뜨고 있었다

그 날 거리에는, 산과 들에는
행복 한 짐 사랑 한 짐 지고
서쪽에서 뜨는 해를 찾아
일평생 황금 같은 침묵을 앞세우고
망한 나라 지워진 발자국을 뒤세우고
장삼이사 조심조심
일렬종대로 긴 강을 건너고 있었다

새벽

나이를 먹어갈수록 키는 작아지고
염치도 없이 손(手)만 자꾸 커진다

맨드라미꽃 빛깔의 진한 그리움 더욱 젖어
뒷걸음질만 하는 사랑의 어깨 뒤로
저 혼자 숨바꼭질하며 깊어가는 가을

겹겹이 얽히고 꼬인 시간 속을
암호 풀 듯 되짚어가도, 대낮이 와도
잠깬 새는 더 이상 무리지어 날지 않고

꼿꼿한 몸짓으로 신명을 다해 껴안고 가야 할 산은
희번한 길 하나 내어놓지 않은 채
진홍빛 꽃잎 하나 속절없이 떨구고 있다

누구일까
캄캄한 허기의 늪 건너
그리운 나라로 떠나는 사람은

살아 있는 것도 그대로 죄가 되는 오늘
하늘은 하늘로 보이지 않고
밟히면서도 곧게 소리치며 일어서는
풀잎들 하나 보이지 않는다

荒地에서 1

빈궁의 마을에도 눈은 내린다
평생 한미한 서생으로 살았던 친구의 부음을 받고
깊은 밤 홀로 깨어 미친 듯이 소주를 마실 때
살아온 세월만큼의 부끄러움에 자폭하고 싶을 때
동강난 땅 잡풀 들끓는 사랑의 깊이 잠든 이마를 적시며
애기무당 고깔 접는 손끝 같은 물방울
우리 님 속살 내음 같은 눈이 내린다
헐벗은 들기러기 떼 쫓기듯 사라지고
핏자국 총성이 가득한 북녘 임자 없는 뒤뜰에도
깨진 그릇, 연탄재 질펀한 철조망 너머
신축공사장 그리고 판자집 위에도
크고 넓은 용서의 눈꽃이 핀다
결코 눈감고 비겁하게 싸우지 말자 뉘우치며
함께 우리 썩어 독한 거름 될 때까지 살아
멀고 험한 길 끊어진 弦 다시 이으며 신명 다해 걷자 다짐하며
마침내 백두 천지의 달맞이꽃 필 때까지 그대로 남아
가슴에 횃불 밝히고
시위를 떠난 화살이 되어 살자 묵묵히 맹세하며
눈은 내리고 쌓여 산이 되고 바다가 된다
복음보다 미쁜 울림이런가
꽃잎 벙그는 소리런가
잿빛 땅 빈터에도 어루는 듯 숨는 듯 새벽의 눈송이들
아, 진종일 펄럭이는 개선의 깃발처럼 부서져

우리 꿈꾸던 별이 되고 빛이 된다
屈原*의 離騷經 다시 펴고 싶은 오늘, 섣달그믐
누가 또 퍼렇게 눈에 불을 켜고
의로운 목숨 하나 이 나라의 어둠 속에 던지고 있을까

* 屈原(BC 343-277) 중국 전국시대 초나라의 정치가이자 시인. 그가 지
  은 시가의 체를 초사(楚辭)라 하며 대표작으로 離騷, 九歌, 天問, 漁
  夫 등이 있다.

무덤

세상에 말없음표 하나 찍어놓고
첩첩산중 버려진 무덤처럼 살고 싶다
애인이여
눈을 뜨면 자욱한 폐허
죄와 알몸뿐인 이 가을
발바닥 갈라지도록 걷고 걸어도
가는 곳마다 문은 굳게 닫혀 있었지
四面으로 눈 못 감은 원귀들 몰려와
함부로 흩어져 높은 성벽으로 버티어도
고추잠자리는 바람을 재우겠지
서슬 푸른 망나니의 어깨춤이
빼앗긴 자유와 욕된 희망을 후려칠 때
돌아보면 난장판의 세월
바람 많은 고향을 떠나
이슬 맞은 구절초에게
나의 등짝 빌려주고 싶다
생애를 마감하는 직선 하나 그으며

거울 2

볼수록 두려웁다
무지개 눈먼 4월도 가고
청맹과니 혼자서 침잠한 뻘밭
피울음 속을 헤맬 때
남을 것 온전히 제 자리에 남지 못하고
아직도 불타는
창에 찔린 처참한 옆구리
좌판에 번득이는 비늘 한 조각
탐욕으로 썩고 있다
겨울은 오고 있는데
깨진 거울 몇 개
흐린 하늘에 걸려 있다

거울 3

자꾸 옷을 벗고 싶다 누이야
날선 은장도가 미친 길을 따라 흐느끼는 새벽
바다는 죽어 있고
풀잎들이 목을 베는 그림자 무성한데
날벌레 한 마리로 불 속으로 날아드는
지난 여름의 생애를 거꾸로 바라보며
편한 잠 이루지 못한 나의 밤을 생각한다
손바닥에 엉겨 붙는 금속성의 살의도
플라스틱 죄 뿐인 사랑도
구더기만 왕왕대는 心法도 풀고 오늘은
살과 마음까지 벗고 싶다
아주 똑똑히 눈을 떠
진실의 마지막 뿌리가 보일 때까지
죽음이 죽음의 승자가 될 때까지
하얀 뼈만 남도록
내 이름 석 자 風葬하고 싶다

거울 4

날이 저문다
새벽도 육자배기 한마당 벌여놓을 땅 없이
배고픈 산들
홀로 굽이굽이 기어 넘는
심봉사의 답답함같은 겨울이 온다
집집마다 튼튼히 덧문을 닫아걸고
꺼진 화로에 얼어붙은 생각을 심을 때
모질게 새로 돋고 키가 크는
죄의 새 살이여
깨어 있는 자 깨어 있지 못하게 하고
의로운 자 의롭지 못하게 하는 자는 누구인가
이 긴 밤의 깡추위 위에 작두날 번득이며
얼굴 위에 또 하나의 얼굴 얹고
거울을 본다

거울 5

또 乞人이 된다
무너질 것
하나도 무너지지 않고
속절없이 가을만 깊어갈 때

하느님은 천상을 비우고
어디에도 안 계시는가

거울 6

사람이 너무 많아
좁쌀알보다 사기그릇의 파편보다
풀잎의 눈물보다
큰 칼 쓴 낮도깨비가 너무 많아

밥개 울음도, 꽃잎 지는 소리도 자취를 감춘
동방예의지국의 강간당한 전답 무너져
낯선 냄새로 남은 가을 들녘으로
밤새 비는 내리고

일자무식은 왜 그렇게도 많아
슬픔조차 절망의 가시가 되어
떠도는 자의 단순한 기도가 냉가슴에 얹히는데

오물통보다 비천하게
난장이보다 작게
사는 법을 배우기 위하여
억새처럼 쓰러져 본다

거울 7

남으로 향하고 앉아
잉태하여 오는 서정을 본다
향수라던가 어릴 적의 신비라던가
일찍이 몰랐던 기도의 음악이라던가
친구여
점철이 없는 긴 여로가
아픈 탈춤을 추기도 하네
피 속에 흐르는 체험들을 결빙하면
사랑은 눈이 부실까
유리알같이 빛을 되쏠까
사금파리 잘게 깨트려
손을 씻어보자
빨간 생명의 울먹임
건강한 영혼의 규환
소리의 집단 속에 살며
아, 우리는 하나의 凱旋을 알 것이네

거울 8

山은 오를수록 높아진다
仁者만이 그것을 안다
辭說 같지만
그래서 나는 늘
山을 잃고 산다

거울 9

인간의 본질은 자유다 라고 쓴다
평등은 천부적인 것이다 라고 쓴다
법과 질서 또한 귀중하고 반드시 지켜져야 한다 라고 쓴다
그리고 강조점을 찍는다
쉰 목소리 시든 잡초더미 주문처럼
텅 빈 강의실을 채우는 11월의 오후
나는 국민윤리 강의를 한다
글자들마다 먹피 뚝뚝 듣는다
긴 침묵을 안고 사라지는 꽃잎들
찢어진 깃발처럼
하늘 향해 머리 들고 살 수 없는,
죽어서도 죄만 하얗게 남을
이 잘난 시대에
나는 또 무능교수가 된다
문득 눈 감으면
환난에 살고 안락에 죽는다는*
孟子의 매운 목소리 들리고

* 〈맹자〉 告子章句下편에서

거울 10

눈부신 가을이 왔다
꽃들이 지고 있다
아들 딸 일곱 철부지 남겨두고
노자도 유언도 없이 먼 길 떠나신
어머니 무덤 위에도
무지개는 하릴없이 피었다 졌다
어머니 가신 7월의 땡볕 따라
가슴에 돌섬을 쌓고
감지 못한 눈 힘들게 다시 뜨면서 피운
갈꽃들 하나 둘 질 때
우리 키대로 바람은 불고
먼 것은 더욱 멀어져간다
절망도 기다림도 없는 이 가을
가장 오래, 가장 편안히 잠드는 법 배우기 위해
나는 또 노래한다
등 뒤로 떨어지는
하늘의 돌팔매 기쁘게 맞으며

바다

바다는 거인이다, 모진 동물이다
갈라지는 아픔과
바위의 침묵을 안다
빛과 바람과
능금나무 작은 가지에서
천사들의 음악을 듣는다, 바다는
밤새워 칼을 갈며
한을 푸는 저 은밀한 의식
금관악기의 파열음 속에 하늘을 담는다
패각을 비집고 나온 나의 속울음이여
별들의 눈물이여
하늘의 밀림 속에서
내 빈 가슴으로 옮겨와 자라는 나무와
하루 종일 날기를 멈추지 않는 새들 보며
나는 또 저 나라의 망명객이 된다
나, 또 다른 바다가 된다

꿈

사람은 사랑을 배반하지만
사랑은 사람을 배반하지 않는다
스스로 나의 충복이 되기를 원했듯이
겨울안개 속 빈 뜰을 거닐며
아내여, 언제나 기다리는 아내여
나 또한 바다 같은 가슴으로
그대 앞에 변함없이 서기를 원한다
얼마나 외롭고 힘겨운 여행이었던가
얼굴이 그 가면을 전부 버릴 때
그 지루한 어둠의 동굴에서 뛰어나와
오늘은 나의 뜨거운 빛을 마시라
숨 죽이고 낮술 한잔
다시 깨닫는 자유의 솜사탕

봄

죽은 아이를 등에 업고
너는 왔다
산과 들 온통 맨주먹의 잡풀들이
귀향하지 못한 봉두난발 죄 없는 울음으로
일제히 칼을 갈며 일어서고 있는데

시도 때도 없이 生木 꺾이는 소리
지폐에 갇힌 금속성 바람 몰려와
내 고단한 잠 속 깊이 파고들며
순하디순한 그림자까지 지우려 들고

눈을 뜨면 어느새 갈 길 저물어
서로가 서로에게 가뭄이 되고
버려진 무덤의 얼굴이 되는
오늘의 우리여, 나여

죽은 아이를 등에 업고
너는 또 왔다
도둑처럼 왔다 어김없이

落果

여문 꼭지마다 소망은
하나씩의 세계를 갖는다
다 보낸 여름의 祭日인데
알맞게 빚어진 바람의 내가
꽃잎 속에 살던 나를 생각한다

바위와 수목과 사랑의 분신이었다가
그것들의 신이 된 뱀 같은 性慾
가슴 칠 목마른 소리여

은밀히 주고받던 사과밭의 은혜를 사모하여
시방 범람하는 풀피리의 감미로움에
귀를 앓는다
마음에 얹혀 돌돌 말려 씨앗이 된
나의 맨 안쪽으로 뜨거운 강 흐르고

밀폐의 문 비집고
환한 목숨 하나 저문다
잿빛 드리워진 빈터에
점점이 추락하는
꽃구름
꽃구름

가을비

喪家의 紙燈처럼 흐느끼며
철없이 내리는 비
인적 끊긴 저문 들녘
굶주린 황구 한 마리
길 잃고 헤매고 있다
저승길보다 아득한 비안개
무성한 여름의 그림자 지우며
묵묵히 걸어가고 있다
발 디딘 자리마다
숨죽이며 무너지는
가을, 가을

대못을 치며

우리가 밝은 햇살이 되어
푸른 5월의 젖가슴을 더듬고 있을 때
지옥보다 낮은 지하실 등촉 아래서
통나무처럼 울고 있다, 그는

우리가 우윳빛 새벽의 빗장을 열고
장미숲 바람 키우는 종소리가 될 때
마른 풀잎 되어 밤 기도를 올리고 있다, 그는

우리가 살찐 가족의 등 뒤에 숨어
빌딩의 키를 키우며
비겁과 교활의 칼 갈고 또 갈 때
그는 오지 않는 막차를 기다리고 있다
알루미늄새시 같은 달빛아래서

꽃 피고 새가 울어도
살아 있음이 큰 죄가 되는 오늘

訃音

내 휴일의 낮잠을 흔들었다
인생은 오십부터라고
천명을 알지 못하면 사람이 되겠냐고
당당히 새벽별 찾아 먼 길 준비하던 녀석
산짐승보다 척박한 삶이
그 가난한 부음이
색바랜 사진첩을 걸어나왔다
할미꽃 같은 아내의 등 뒤에 숨어
나는 잠시 세상에 눈을 감는다
민둥산의 얼굴과 장난감 기차와
우리 함께 마신 끓는 피 냄새 엉기어
창 밖에 목련은 뚝뚝 지고
가슴에 또 하나 죄를 얹는다
청동빛 칼을 물고 새들이 날고 있다
남은 겨울의 그림자를 지우며

다시 거울 앞에서

가을 빗속으로 젊은 칼 마르크스가 걸어가고 있다
무성한 턱수염 위로 흐르는 비를 마시며
배고픔을 달래고 있다
정의란 나 아닌 다른 사람들을 자유롭게 하는 것
힘주어 판서를 한다
글자마다 뚝뚝 먹피 흘리며 달아난다
터진 풍선같이 온몸에 힘이 빠진다
나의 철학개론에도 힘이 빠진다
낡은 강의실 가득 악다구니를 쏟아 부어도
비는 여전히 내리고
쉰 목소리에 뒤섞이는 잡초더미들
퇴색한 잡지들의 허리 잘린 페이지들 무겁게 뒹굴며
검은 유리창을 적시고 있다
나는 아직도 가을비 안쪽에 숨어
빙산처럼 쌓이는 분필가루의 무게를 생각한다
떠밀려 살아온 나날의 업보들
그 위에 철학이라는 손때 절은 벽돌 하나를 얹는다
늦가을 캄캄한 빗속 눅눅한 빵 냄새 맡으며
마르크스는 사라지고
백동전 부딪치는 소리
욕망보다 입이 큰 미친 북소리가
이 나라의 뼈만 남은 모든 길을 지우고 있는데
孔夫子의 차고 매운 소리 들려온다
날이 추워진 후에야 소나무 잣나무 뒤늦게 시듦을 안다*

* 〈논어〉 子罕편에서

荒地에서 2

4월에도 나무들은 겨울 외투를 입고 있었다
기다리는〈영웅전〉의 주인공은 돌아오지 않고
교정의 부서진 목의자는 짐승의 울음을 터뜨렸다
천수답을 태우는 낯선 가뭄만이
압제처럼 흘러가고 넘쳐나는 오늘
가슴에 은밀히 품어 볼 씨앗 한 톨
반골은 어디에도 없고
바람은 큰 칼 앞세워 자꾸만 풀잎들의 곤한 잠을 흔들고 있다
뒤돌아보면 세상은 어느새 첩첩 어둠
햇빛도 부끄러워 얼굴 돌리는 벌거숭이
가는 길 또 지워지고
아직도 돌팔매 눈 먼 덫들이 웅웅거리며 일어서고 있다
뼈아픈 강추위 흉흉한 소문을 등에 업고
조심스럽게 함께 등촉 밝혀들고 찾아가는 길은 피 얼룩
사는 일이 문득 천길 절벽을 타는 막막한 곡예일 때
황토밭 어둠 속 맨발로 걸어가는 흰 옷들의 아우성
차가운 알몸과 損益의 눈빛으로 만나는 우리들
누가 우리와 함께 라고 그 이름을 부르고 있다
모든 문들 일제히 굳게 닫힐 때
목 베어도 다시 돋고 새롭게 키가 크는
여뀌 쇠비름 무성한 갈라진 땅에서도
알 수 없는 저 금간 鬼面의 허기여 태평가여
우리들의 억세고 뜨거운 혼은 남을까
차마 더러운 그리움 버릴 수 없어 저 삼동을 녹이며

지글지글 온 몸 태우는 들불이고 싶을 때, 친구여
지금은 4월, 감금된 그 피의 화요일
새가 새로써 날지 못하는 까닭을,
끝끝내 독방에 홀로 남아
거친 골짜기 안개 자욱한 들개 울음 다스리며
새벽별 기다리듯 단식하는 사람들의 그 목마른 기구와 사랑
그 크고 높은 뜻을
이제 우리들은 말하지 않기로 한다
4월에도 나무들이 겨울 외투를 걸치고 있는 사연을

荒地에서 3

그리하여, 쑥대밭 아직도 선연한 핏자국 따라
노을처럼 단순하게 너는 가고
언제부터인가
이 황지에서 나는 청맹과니가 되어 살았다
어린 풀잎들 짓밟혀 누워 있고
빈 들 가득 홀로 걸을수록 뼈아픈 강추위
상심한 파도의 이별가 갑자기 밀어닥쳐
곤한 새벽잠 깨우고 가라앉는다
야생마 흐느끼며 아득히 멀어져 가던 길 무너지고
고개 넘어 또 지울 수 없는 목마름
호시절 신나던 풍악을 찾아 방방곡곡
언제나 변방을 맴돌던 물방울 같은 사랑
뜻 모를 천둥번개만 스스로 좀 일으켜 꼬리 감추고 있다
흉흉한 가슴 천한 생각에 더욱 눈물은 나고
차츰 익어온 그리움에 시방 바람 너무 차다
마음은 늘 헛된 기다림에 가슴 설레고 뒤집힌 얼굴
벌거벗은 어둠만 곳곳에 소문처럼 쌓이고 쏟아져 내린다
몇 개의 덧난 이빨과 무서운 허기가
퍼렇게 불 뿜으며 대낮을 지키고 정든 땅 헤매고 있는 때
밤새워 칼 갈며 등짐 싸고 곡하는 소리
무방비 상태로 넘쳐나고 있는데
반드시 그는 나를 잊고 있었다

온통 다 가을처럼 저물고 지워지는 속으로

파헤쳐 갈 데 없이 버려진 무덤 하나
이제는 난장판 꿈같은 세월도 첫사랑도 금이 가고
눈 가리고 돌아가는 국도 한 끝으로 몰려오는
큰 근심 된 서리가 되어 쏟아지기 시작할
아아, 순수의 참 착한 속말이여
찔레꽃 환한 고향 다시 찾아 나는 새들의 자유여
끝없는 고통의 재 굽이굽이 넘는 부르튼 맨발
혼자 떠나지는 말자 다짐하며
힘주어 거듭 맹세하며 혼자 독주를 마실 때
시시때때로 돌가루만 날리어 잠 못 드는 시간에
어디서 들개가 짖는다
기댈 곳 하나 없는 파산한 젊음이 힘겨운 깃발로 펄럭이고 있다
거짓으로 세운 초가삼간 바람막이로 서 있고
희망은 언제나 강안의 불빛처럼 멀리서 반짝거리다 사라져
밤바람을 견디며 멀게 더 멀게 생각하며 흘러가는 강
이승의 학살극 하나 또 천천히 막을 내리고 있다
그 때 영화 자막 같은 겨울이 오고
달 아래 술잔 속에 흐느끼는 여윈 넋 하나
나는 보았다
버릴 것 다 버리고 아우성하며 바둥대고
잠들면 안돼, 라고 절규하며
언제부터인가 내밀한 상흔을 품고 있는
한 맺혀 우는 얼굴을 보고 있다
기다려도 그는 끝내 내게 오지 않았다

제3부

歸船

그날, 아침 부두는 황홀하였다
비 내린 숲을 지나 回想의 빙판 미끄러지듯 달리던
無邊한 바람, 나목에 매달려
破紙에 나부끼는 부활을 이야기할 때
스스로 울음 우는 술잔에 몸을 숨기며
異邦의 死地에 오르던 뜨겁고 진한 傳言

새벽을 안고 새들은 날아오른다
비린내 나는 年表를 부리에 가득 물고
깊은 상흔을 다시 핥으며 새들은 또 그렇게 날아오른다
등촉보다 더 외로운 삶이 빛을 잃는 휴일의 한낮
내 原罪의 속살은 찢겨 그대로 수천 불꽃이 되어 타오르고
가장 분명한 의미를 남기고 떠나온
아무도 동반해 주지 않던 젊고 착한 訃音의
그 어지러운 그림자 둘레에서
마침내 사랑을 끝낸 병사들은 배에 오르기 시작했다
아직도 죽음이 깔려있는 환각과 휴전의 계곡에서
날마다 두 손을 모우고
끝내 오지 않는 안부를 기다리며 개선의 튼튼한 날[刃] 세우던
불면의 머리칼 캄캄하게 일어서고
비로소 눈을 뜨는 새로운 증언
우리들은 돌아오고 있었다.

잎샘이 열리는 겨울 강에서

피 맺힌 손에 묻어나던
화약 냄새 가득한 어둠도 잠시 잊고
어쩌다 마주하는 늦은 저녁
부서진 식탁 위 한 접시 어린 물고기와
돌아갈 둥지를 잃고 허둥대는 철새들을 생각하며
건강한 齒列 번득이는 들짐승 같은 울음으로
세기의 빛나는 흔적 남기며 적도를 건너던 그날
물살 세차던 아침 부두는 정말 황홀하였다

해 묵은 儀式의 끈 풀리어지고
햇살에 넘쳐나는 따가운 충동
강요된 이념과 相殘의 녹슨 바리케이드가
아직도 억새풀로 자라는
낯선 流刑의 숙영지에도 비는 내리고
마주 잡은 손바닥에 예지의 땀방울 솟아나
손수건에 묻어나는 은밀한 언약
갈채와 기록, 환호와 허위가 절정을 오르는데
정말 부러울 게 없어야 할 나이에
몇 개의 병든 여름 빗장을 벗기며
신문지 위에 알몸으로 뒹구는
피 흘리는 자유와 평화를 믿었음인가
그들은 평행으로 흘러가고 또 돌아왔다.
봄에도 진달래가 피지 않는 문명한 도시를 지나서
가장 우울하고 답답한 年代의 친구여

아직 우리들의 좌석은 멀고
밤이면 썩은 환부에서 不測의 터럭 돋아나
세계의 귀가 없힌 반도의 밤은 길고 차가워
잿더미 위 쓰러진 질서를 하나씩 일깨우며
忍從의 끝 건너지르는 極光의 새들
오늘도 허전한 향수는 휴지처럼 나부끼고
개선의 불꽃은 오르고 있다

밀집한 밤의 끈끈한 막을 뚫으며
解渴의 중간 더듬는 새벽잠 없는 아내는 알고 있을까
교회당 첨탑 안에서 밝게 흘러나오는
십자가의 고단한 계시를
그래서 더욱 무거운 어깨를 뒤척이며 무릎을 접어야 함을
어디쯤 혼돈 속을 걸어 나온 웃음들은 깔리고
씨 뿌리는 이른 봄 과원에서
여명의 강물은 조용히 떠오고 있을까
자꾸만 높아가는 근엄한 인류의 등 뒤에서
정화수 가득 흘러넘치는
어머니 허기진 음성, 솟구치는 절규를 나는 듣고 있다
저녁 海溢이 밀리는 거리에서

그리고 부두는 한산하였다
불 꺼진 참호에서 혁명처럼 작열하던 젊음의 꿈
새벽을 떠나 빗나간 오늘을 절벅거리는

물 먹은 내 군화여
바닥이 다 드러난 평등
아열대 검은 몸부림이 잠을 쫓는다
일정한 거리에서 무수한 상흔을 남기며
다가오는 규칙의 교묘한 틀

그 언제던가
고달픈 집총놀이로 유년을 키우며
우리들의 생애와 역사를 빛나게 이야기할 때
발갛게 엉기고 흩어지던 밀림의 몸살
수렁에 빠진 어린 사슴의 눈을 하고 땀을 빼던
나와, 감금된 내 年代의 친구여
달밤이면 고향의 별들 가만히 어깨에 내려와 성을 쌓는
어느 오지 초소에서
심연 깊숙이 빨려드는 우리들의 확신, 그 믿음과 사랑
시대의 부푼 물결을 가르고 아득히 와 닿는 질서의 끝이여
지금도 황토밭 피로한 아우성은 살아 오른다
목이 자꾸만 아파오는 귀로에 때 늦은 회한의 편지도 쓰고
정밀히 짜 놓은 시간을 하나씩 풀고 있을 때
엄청난 부피로 나를 장악하며
다시 머리를 드는 은밀한 모의
패전의 남루한 깃발이 되어
돌아 못 온 친구의 빛바랜 일기장을 품에 안고서
지금도 먼 전방을 바라보면 꿈 속

눈 감아도 환히 보이는
넘어져 피 흘리고 있는 사월의,
친구의 짝 잃은 목발

아직도 세기의 메마른 바람은 불고 있지만
파도 後半에 부서지는 지혜의 넓이 속에 눈을 박으며
우리들은 또 한번 떠날 것이다
장엄했던 그 순간
전송하는 祝砲와 시대의 늠름한 餘氣를 타고

당신은 이제 말해야 하리라
이방에 묻고 온 우리들의 빛나는 童貞을
아내의 정확한 손금 안에
유리처럼 빛을 튕기며 일어서는
아아, 기다림 속의 선박
목마른 祈求의 노래여
다시 꽃불은 오르리
나의 부활의 성대한 의식이 거행될 때
나의 생각은
그날, 저녁 부두는 정말 황홀하였다.

復活

불꽃 바람은 통곡이듯 목에 감겨오는데
별을 따라 걸었어요
잠도 꿈도 다 빼앗긴 채,
홀로 가시밭 벌거숭이 동산에 올랐어요
멀지 않은 이웃 아직 식민의 악정 잠들지 못하는 남지나해
그 척박한 땅에 얼굴을 묻고
찢긴 반도의 녹슨 철조망 흔들어대던 그대
깨진 램프에 묻어난 겁 많은 일상과 煞을 닦는
어느 휴일의 꼭두새벽
당신은 칼 맞은 한 마리 어린 짐승
피 묻은 몇 장의 달러와 빛나는 훈장에 덮여
무한 자유의 다리 밑을 역류하던
수송기에 실려 온 그대 전 생애
쇠못은 밤새 쏟아지고 있었지요
남긴 한마디 말도 碑銘도 없이 散華한 異邦에서
승천으로 가슴 조이며 기다리던
짝 잃은 구름송이들 허기진 까마귀 울음소리들
자꾸만 피어나고 있었지요

가도 어둠, 가도 사막일 뿐
저문 하늘은 온통 유황빛 탄흔과 녹물로 넘쳐나고,
나는 진펄을 날아다니는 반딧불
바다에 떠 있는 빈 술잔처럼 흔들리며 걸었어요
미궁의 시간 속을

세상에서 가장 쓸쓸한 떠돌이
눈멀고 귀 먹은 채
나침반에 번득이던 햇살
그 견고한 引力을 안고
그대 한 많은 청춘의 피날레를 쫓아가고 있었어요

되돌아보면 햇보리 찔레꽃 코가 시리고
嚴冬에도 믿음과 사랑의 뜨거운 강이 흐르던
덧난 손금 부끄러워 안으로 감추며
속울음 찬찬히 돌아볼 수 있는 유년의 꿈 많던 뜨락
피리를 불며 꽹과리와 징을 치며
풀려가는 불꽃 너무 황홀한 축일의 마당가에서
곱사춤을 추다가 그래도 밤은 길어
춘향전을 소리 내어 외우다가 홀로 베갯모 적실 때
밖에는 비가 나리고 있었지요

내 곁에서 전승의 깃발 거듭 세우던 그대
만화방창 봄날의 해 밝은 산기슭에서
선구자를 목쉬게 부르던 취흥의 호탕한 노랫소리
고구려의 밤을 달리던 적토마 얼음장 깨는 소리가 지금도
새로운 희망으로 넘쳐나고 있는데
매일 새벽 가슴을 뜨겁게 적시는 교회당 종소리에
잠시 두 손을 모우고 싶을 때
무심코 눈이 가는 창 밖 십리 길

당신은 바다 위를 걸어오시고
다시 새롭게 들어보는 새벽까치의 울음이여
이제 서로 끼고 한 몸이 될 수 없는 우리들
저 팔월의 연꽃잎에 뜨던 해방의 보름달도
그대 몰래 조금씩 안으로 삭여 버린 뒤에
창마다 푸른 꽃들의 숨결이 피어 봄밤 깊은 잠 속에 누워
내가 완전한 소망과 자유를 깁고 있을 때도
그대 총 맞은 영혼은 강한 야수의 이빨이 되어
내 속살을 물어뜯고만 있었어요

그래요
그때 가장 소중한 믿음들이 젊음들이
소리 없이 무너져 내리던 정거장에서
멀어져 가는 고향이 파지처럼 뒹구는 영하의 남행 열차 속에서
사랑하는 이와 유년을 아프게 전송했던 새벽이여
보이지 않는 손들이
분장의 배후에서 가시 같은 비밀을 키우며
핏발선 눈빛 살찌우며 행진하고 있는데
그날 겨울 부두를 떠나간
세계를 횡단하던 그대의 비수같이 싱싱한 마음
여름에 죽은 암송아지의 안부를 생각하면
손수건 하나로야 어떻게 나를 은신할 수가 있을까요
혼이 혼을 부르고 혼이 대답하는 여기는

진실보다 더 외롭고 슬픈 나라

그리고 나는 보았어요
온기 잃은, 혼자뿐인 맨살 위에 쏟아지는 달빛에 취하다가
겨울새의 오열을 가슴에 키우다 잠이 드는 새벽 꿈 속에서
허리 잘린 뒤란의 고목을 빨갛게 물들이던 축포소리
아, 좁고 답답한 전답 속에 갇혀
못 견뎌라 모래알 씹으며
한평생 담천을, 숨 가쁜 더위만 지키던
할아버지의 징용나간 목발과 칼날 같은 세상
나는 지금 황토 흙 먹구름을 가르는 천둥이
돌팔매 유리조각 떨어져 오는 순간의
그 어지러운 바람 속에서 일어서는 뿌리 뽑힌 裸木
그리하여 내가 외출에서 돌아와 고해소로 스며들면
숨겨온 설움들이 저마다 등불로 살아나고
내가 찾고자 하는 그대의 언약과 입맞춤은 아무데도 없고
당신은 산돌에 피는 오롯한 한 포기 失名의 꽃이 되어
나의 차고 투명한 혼이나 달래고 마는 것을
무구한 사랑 기다리며 내가 더욱 새로워짐을
나는 또 겪고 싶은 것인데
이 밤 아직 돌아오지 않은 외로운 사람들의
청옥 빛 눈물과 발소리 함께하며
온종일 공복인 채 외로웠던 나는
그대의 가난한 삶의 굴레를 벗어나서

돌비늘이 도사려 빛나는 샘가를 돌다가
봄빛 물오르는 하늘을 안고
온갖 아름다움과 신비로 목욕하는 여신의 곁에서 불타고 싶어요
산다는 일이 문득 죽음과 한몸일 때
오랜 폐허의 굴뚝을 지나온
모반의 피 묻은 손과 살의를 씻고
사랑과 정의와 평화를 점화하는
한 개비 성냥으로 불타 사라지고 싶어요
피멍 서럽도록 바랜 눈물 자국 윤나게 손질하기 위하여
지금은 燈皮를 닦는 시간
햇무리 진한 능금 빛 그늘을 끼고
물새 울음 스산한 강여울 갈대밭을 지나서
넘치는 힘 그대로 안고 칼바람 속을
그대는 아무도 모르게 걸어오고 있었어요
서른넷의 아직은 童顔인 그대가
도시의 먼지 속 젊은 혼들의 그림자와 북망산천을 밝히고 있는데
강 저쪽에서 큰 花形을 뜨면서
그대 나를 손짓하고 있었어요
끝내 돌아설 수 없는, 면도날 속살 저미는 그리움
하늘 한가운데 환한 달을 안고
옷깃에 차갑게 달라붙는 풀벌레 울음 따라
어느 외진 들길 한복판을 걷고 있었어요

문득 덧난 가슴앓이 피의 등불이
냉혹하게 침묵하며 나를 감금할 때
어제였어요
湖心 깊은 데서 물매미 쪼아오를 즈음
무슨 경구든 하나는 암송해야만 옳았는데
무시로 파고드는 칼 잡은 망나니의 설움
첩첩이 안으로 접으며
풀어진 몸매 빈손으로 곧추세우며

안개와 암호, 절벽뿐인 산정 망루에 올라
고향의 화약내 가득한 어둠이
몇 겹의 성벽을 쌓는 거리를 보고 있었어요
산읍엔 異國의 목소리 도깨비바늘 풀들의 합창
한냉한 청솔빛 저녁연기뿐
포성으로 갈라진 장독대 앞에서 치성으로 밤을 밝히는
초사흘 촛불의 낮은 펄럭임으로 염주알 헤아리던
정한수 숱한 별밤 어머니의 그 극진한 기다림이
찢긴 무명 적삼 홀로 밤을 지키던 봄밤 논둑길이
동상의 손발 호호 입김으로 녹이며 먼 길 떠나시던
석유등 어둑한 그림자 눈보라 속을 지나서
그날 쫓기는 봉화 터에 죽창을 안고 뼈에 사무친 원한을 안고
잠간 빛났다 스러진 아버지의 핏물 배인 흰 두루마기 자락
죽어서도 죄만 남은 식자우환이
오늘은 두견새 피를 끓이는 울음이 되어

빗나간 화살이 되어
내 옆구리를 사납게 파고들고 있어요
그래도 초저녁 닭이 울면 맑은 샘물에 머리 감아 빗고
청청한 하늘 아래 돌아가는 그리움을
풀빛 고운 동화도 떨구면서
우리는 화합의 복음보다 더 미쁜 이야기도 나누었지요

내가 무심코 숨겨온
신행길의 꿈 이야기와 태몽의 신비를
나는 그대에게 꼭 들려주어야 했는데
너무도 잃어 차라리 억센 공복뿐인 이 아침
닦아도 닦아도 지워지지 않는
이방인의 검은 피 얼룩 속옷을 빨며 나는
산산이 날리던 그대 머리칼의 따사로움을 생각하고 있어요
내일이면 장맛비 지나간 뜨락에도
장미는 소담스레 핀다 하지만
아직은 숯불을 피우고 빈 방 그대 영가 앞에 앉아

가슴 속 모질게 타오르는 극약 한 방울 홀로 마실 적에
나의 피부, 온통 그대의 숨결로 얽어진 나의 살빛을 뚫고
바쁘게 출행을 서두는 그대 청춘의 피날레를
그리운 모음들을 나는 어이 측량할 수가 있을까요
폭발처럼 쓰러지는 억새풀
지끈지끈 달아오르는 사랑

흐느끼는 어둔 빗속 불타버린 잿더미 위에서도
달맞이꽃은 자꾸만 피어나고 있는데
누구 손을, 따스한 손을 잡아 줄 사람은 없을까요
한낮의 태양이 무서워서 작은 소리에도 귀가 놀라는데
다시는 헤어나기 어려운 이 어둠의 동굴에서
벗어나게 할 사람은 없을까요
그날 캄캄한 혼돈 속 물살이 세차던
서른넷의 긴 계보를 밟고
쓸쓸히 死地에 오르던 그대 건강한 눈물방울
나의 폐허가 된 잠 속에 흘러들어
즈믄 해의 도도한 가람이 되고
사립 밖 어둠을 내어 모는 등촉이 되고 있는데
그 날, 말 없이 눈빛만 나누다가 그냥 돌아서서
밀폐의 새벽 문살만을 만지작대던 그대

그래요 황토길 따라
땡볕 자갈밭 엎고 쓰러진 그대의 차가운 손 잡고
할아버지의 아버지의 숨죽인 기침 소리를 밟고
나는 번갯불 일만 리 소금비가 내려치는 불면의 야반을
풀꽃 흐드러진 흙먼지 속을 걷고 있어요
사방의 꿈 많은 잠도 깨어지고
내 텅 빈 가슴을 흐르는 한숨이
곳곳에서 새벽닭, 여명을 알리는 울음으로 되살아날 때
흩어지며 깔리고 있어요

아침밥 짓는 연기가 부드럽게 꼬리를 흔들며
끊어진 선을 이어 새 곡조를 연주하고 있어요
밤비 내린, 목화송이처럼 따스함 출렁이는 보리밭 이랑 위에
서
눈물로 영원으로 흘러가던 그대 한 생애가
실혼의 입지에서
어둠으로 점철된 바다의 난간을 짚고 서서
고사목 부러진 가지 틈에도 보름달이 걸리면
나는 기구해요
사월에 죽은 어린 꽃들의 기억을 붙들고

나는 노래해도 좋을까요
아직은 고된 노역, 彼岸에 다 못 닿은 잎 지는 하오의 다실에서
가난하나 언제나 착하고 의롭게 살자던
바쁘게 머리 들고 일어서는 말 없는 말의 깊은 속뜻을
나의 부활의 언어를
그대는 언제쯤 설명해 줄 수가 있을까요
저기 이글대는 아침 햇덩이를 타고
빛의 영롱한 안개의 속살거림에 휩싸이는 팻말은
어렵게 끌고 온 나와 우리들의
소중한 밑불은 아닐까요

이제 나는 묻고 싶어요
밤개 울음 자욱하게 내려 쌓이는

돌개바람 산까치 아직도 잠을 설치는
울며 노래나 부를 나의 이 途上에
어릴 적 읽었던, 그 아름다운 동화의 씩씩한 주인공이 되어
어둠 속 천길 절벽을 뛰어넘는
불꽃의 가장 분명한 싸움으로 와서
내가 우리가 살아있는 동안은 그대
정정한 거목으로 소생할 수 있을까요
수액에 젖어 푸르른 바람이여

한줄기 빛이 어둠과 만나면 그때
어둠도 빛으로 영롱한 얼굴을 바꾸고 마는가
어떤 우람한 자유와 비상을 서두는 전진의 때가
마침내 내 머리칼 위에 햇빛처럼 파도쳐오고 있는 것을
보세요 그대
구름의 빗장을 가르고 쏟아지는 신의 황홀한 총명
그리고 그대를 향하고 서는
나의 가장 뜨겁고 순정한 사랑을

寓話

1

비틀거리며 일어서는 여윈 가슴 속에
새벽까치가 날아들 때
내 눈에서 녹아내리며 門살 흔드는 목숨의 깊이
밝은 겨울, 도시는 밤으로 가득 차는데
빈혈을 휴대한 시대의 숨통을 겨냥하며
다시 기도하며 빛나는 당신의 손
지루한 포복으로 남은
한줌 흰 뼈와 살의 아우성이 범람하는
밤의 바다에서

새는 끊임없이 날아오르고
금시 떨어져 내리는 어설픈 行步
억센 공복뿐인 이 아침
서가를 뛰어나온 經典들이
불모의 손바닥을 비비며 떠나가고 있을 때
누구의 타는 애환도
낮달 걸린 빈들의 하늘은 물론
무엇 하나 포옹할 수 없는
내 유년의 크고 허망한 면적
나는 예지를 목말라한다

바람이 많은 빗장을 벗기며

햇빛 총명한 해탈을 보고 싶어한다
비린내 가득한 질서의 톱니여
영롱한 울음 빛깔이 천천히 침전하는 노래여
살비늘에 불을 켠 순수여
忍從의 더운 눈물 안으로 감추며
나는 몇 번이고 키를 고쳐 세운다

2

우리들은 기다리고
무너진 담벼락의 저쪽에서
脂肪을 빨리운 골목에서 남루히 주저앉던
가슴을 휩쓸고 가던 꿈의 荷物을 보며
우리들은 가끔 아침 목욕을 사랑하고
언제나 겁 많은
언제나 맹목의 鍾줄만을 잡아당기는
아이들의 손뼉소리 숲을 지나
희뿌연 소금을 뿌리면서 나의 두 눈은 마침내
들끓는 타락의 터널을 지나
밤을 더듬는 촉광이 되고 있는데

아직 기다리고 있음인가
새벽 등을 밝히고 싶은 외로움에 떨며
고뇌가 말갛게 고이는 빗방울 속

까맣게 튼 입술을 창유리에 대어본다
항시 습하고 찬 그 의문 구역에서
빈 속이 타도록 독주에 불을 붙이고
더러 가슴을 때리며 내리는
억겁을 두고 끈끈히 내리는 지루한 비
그리고 흙먼지 속을 어기적거리는 눈먼 寓話
거기 누구 있는가
날마다 불안한 잠을 흘리며
몽롱하게 와 닿는 온돌의
참을 수 없는 낯섦을 허기로 달래고 있을 때,
잡초뿐인 內岸 굽이굽이 어둠을 끌고 가는
나의 浮標는 다시 한꺼번에 솟아오른다.

3

어느 곳엔지,
겨울새의 오열을 몰고 온 바람 속에서
새롭게 열리는 어제의 귀
죽어있던 우리는 차가운 손을 마주 잡는다
부서진 모든 것들 속에서도
깊이 모를 둘레에서도 목으자는 밤새 삐걱거리고
그래도 아이들은 은밀히 차려놓은 식탁 위에서
겨울의 손때를 벗기면서 자란다
우리들의 맨 마지막 잎사귀를 떠나보내고

서로 늘 푸른 체온 속에 살고 싶은
아, 稼動하는 새벽의 온갖 슬기여
물오르는 노동의 눈
말없는 저녁 성찰의 뿌리여
헛된 말들로 쌓은 의미의 벽이여

착한 이웃들은 그렇게 변모해가지만
그러나 까치여 새벽의 까치여
나의 이 어둔 창 앞에 너는 맑은 울음을 쏟아놓아야 한다.
저 상극의 둔한 쇠사슬 녹슬고 있는
허망한 들개 울음 모질게 뿌리내리는
군사 분계선에도 아프가니스탄의 초토에도
울어다오 새벽 까치여
빈 의자뿐인 정적과 원시
칭칭 감아 조여오는 빛의 늪 속에서 나는 기다리고
알몸으로 부스러진 얼굴에 바퀴자국만 남은 들녘에서
나는 씨앗을 고르며 기다리며
내 안에서 매일 새로워지는 눈빛을 안다
많이 잃었으므로 많이 얻은 나의 오늘
이 驚異의 아침에

수유리에서

흙과 맨살의 어둠이었어
가을을 지나가는 바람의 키 자꾸만 높아지고
그날, 절망으로 비틀거리는 四季의 썰렁한 복도에서
불면의 질긴 올 하나씩 풀다가
파랗게 울음을 삼키고
피가 모자란 언어를 뱉으며 달아나던 夕刊과 함께
쓸쓸한 거리를 바쁘게 나서고 있었어

그 뜨락엔 빈 의자뿐이었어
끓는 火酒에 불붙이며 나는 보았어
마른 풀잎의 슬픔이 부러진 장대처럼 흔들리며
맨발로 불타오르는 언덕을 넘는 것을,
밤새워 단죄의 정갈한 살과 뼈를 추리며
건강한 눈빛 속에 앉아 있던 착한 친구들
저 눈밭을 비켜가는 늑대 울음
우리들의 때 잃은 뉘우침처럼
경련하며 일어서는 칼날들
끝내 깨우지 못하는 수수께끼 불씨가 되어
깊은 밤 정적과 창세의 소리들 타오르는 촉광 속에서
殘雪 밑에서 뜨거운 눈을 뜨고 있는가

아침이면 역시 잠이 든 뜰에서
손실이 두려운 안부를 묻는데
통금에 갇힌 밤들을 포개어 등짐 지는 목숨은

아직 살아나지 않았어
가령 어둠이 겹겹이 성벽을 쌓아 올릴지라도, 다시
퍼렇게 멍든 팔뚝으로 고단한 밭을 가는
나와 묶여진 동시대의 사람들
아직 어떤 話頭도 던지지 말라
무너진 바람벽에 아픈 귀를 대고
찢어진 古典속에 진종일 서성이는 나에게,
그 얼어붙은 부두 웅크린 화물더미
새벽 종소리가 낮게 깔려 있는 그 광장을 지나서
우리가 만나는 시간의 변방에는
늘 겨울 파도가 검은 옷을 벗고 있었어
무지와 만취와 퍼렇게 불붙는 눈을 켜들고
소금밭 황폐의 어둠 건너
寒冷한 가로등을 오르내리던 맹목의 방황
형형하게 빛나는 원죄의 회귀여
이제는 소용이 다한 지혜만 끓어오르는 바닷가에서
속울음 씻으며 허물어진 새(鳥) 무덤을 본다.

불꽃이여,
가장 험한 시대의 상흔을 밟고
더욱 의로운 불의 개화여
돌아보면 안개와 금빛 영롱한 숲 속을

내 어린 날 잃어버린 사랑과 동전 한 닢이
칠월 소나기처럼 되살아오는데

夜陰을 틈타 철책을 빠져가는 신묘한 바람
자정을 넘어가는 書架를 문틈으로 엿보는
잽싼 날개의 寓話여
식민이 그리운 방글라데시 그 불탄 飢餓의 환상 위에
아랫도리를 드러내고 죽은 어린아이들을
화사하게 변심한 도시의 애인들은 알고 있을까

친구여, 우리는 보았어
寒天의 바람 많은 한국사의 속살 드러낸 페이지 안
목마르게 솟구치며 빛을 뿜던 文明한 새여
우리의 젊음은 늘 물음표로 가득하지만
그건 첨탑에 맴도는 바람이었어
언젠가 그날
눈을 감고 자주 걷던 산책길에 흰 눈발은 쌓이고
일몰처럼 떠나간 당신들은
이제 눈을 녹이는 거름더미의 훈더움일까
영원한 증언을 듣고 있어
전신을 버텨 찾아낸 최후의 불씨
우리는 아직도 물살이 세찬,
다시 포장된 그 거리에서 生血이 내뿜던
영롱한 무지개의 아우성을

우리의 햇빛 실족한 도시의 골목에서

잘 가거라 친구여
밖에는 아직도 뿌리는 검은 빗발
온통 스스로 刑獄뿐인 몸
뿌리 뽑힌 나의 사랑과 삶까지 벗어던지고
늦가을 햇살로 멀어져 가던
그날, 당신의 등 굽은 표정
깨진 안경알로 일평생을 비추어 보며
몇 방울의 극약을 마실 때
잘 가거라 친구여.
나는 한번을 웃다가
뜨겁게 뜨겁게 울고 말았어

假橋 아래서

1

그리하여 다리목 그 아래
나와 나를 비껴가는 태양이 함께 있었다
그날 간단없이 엉겨오는 차디찬 세월의 눈가림 속에서
나는 질서의 바깥에로 나를 내던지고 있었다

가슴 부벼 불꽃 튀는 한줄기 예지의 촉수여
옷은 남루하지만 그것은 욕망이 되어 벽을 응시한다
곧 일제히 일어서 다투며 달려가는
카오스의 나비 부나비 떼

우리들은 정지하지 못한다
정지하기 위하여 몸을 떨다가
피곤해버리는 우울한 모의
반칙 없는 회의의 심연을 좇아가면서
나는 나의 자아를 경멸하고 있었다

그리하여 문명에 치인 한 마리 角蟲이 꿈틀거리는
눈 쌓인 다리목 그 아래
어두운 순수가 침전하고 있었다

2

내가 사랑하는 것은 밤처럼 도사리고 있어서
가령 느끼더라도 완전히 올라가보지 못한 곳이다
줄곧 혁명에만 골몰한 머리와
鍊金을 익히는 늘 다정한 손
그것들이 지성의 칼 벼르는 사이
세계는 어느덧 나의 아랫도리에 빙결하고 만다
최루탄에 적어둔 아픈 신음
비린내 쩐 어시장에서도 잘 사는 데모크라시
숙명이라던가 달팽이의 촉수
그것들은 나와 상관이 없어도 좋다

나는 추락하고 있는가
病氣있는 도시의 행렬에서 벗어나고 있는가
毒酒를 마신 코브라의 혀끝처럼 달리고 싶은데
작정 없이 돌아서버리는
원래 작정 없었던 출행 출범이지만

形而下의 넓은 날개를 펴며 덮치는
저 암흑의 둥지는
나의 본래 서식지가 아니다

은혜로 목욕하고 싶은 그러나

그 긴 반추, 그것뿐이다.
이처럼 정밀한 순간이 존재할 수 있을까
빛을 초월한 것이 아니라
나의 가슴의 지평선 언저리에
크나큰 산맥을 머금은 불빛이 반짝일 뿐이다

탄생하라 맑은 年代의 기억을 남기기 위하여
내 바라는 것은 배고픈 평등
눈먼 자유의 고해를 들으켜
기상하는 수천 개의 나팔소리
그 소리의 집단 속에 잠기고 싶은 것이다

나는 노래할 수 있다
참호 속에 흘리고 온 나의 生殖의 조각침과 척수를 잊고서
성대가 터지는 진동을 구경하고 싶은 것이다.

약속해다오
지금까지 허락하지 않은 모든 약속을 약속해 다오
한 알의 젖은 씨앗이
빽빽한 우리의 뇌막을 다스려준다면, 만일 그러하다면
나의 자아여
나는 침몰할 수 있는 것이다

3

문득 시커먼 웃음이 다시
죽는 집으로 돌아가면
문명한 라디오는 여태도 비를 부르리
그리고 십이월의 빈 과원에
한 줌 황토를 얹기 위하여
나는 괜히 서두를지도 모르리

그리하여 그날
간단없이 엉겨오는 어떤 기류에 밀려서
가장 아름답다고 생각되는 저녁의 길목
눈 쌓인 가교 아래서
눈의 한계, 가득히 범람하는 아침을
몹시 빠른 모습으로 침전하는 나를 내가 주목하고 있었다.

비탈 위에서

흔들리며 돌아온다
일상의 깨진 램프는 빛나고 있다
모두 홀로 고단한 밤길 떠나고
우리들의 내력은
황토색 먼지로 슬프게 나부끼고 스러진다
갈라진 손바닥 위에서 철새는 아직 외다리로 울고
비로소 며칠 묵은 겨울비
청솔빛 연기가 바람에 휘날린다

언제였던가
전신을 휩싸던 피곤한 노동이여
이제는 메마른 토지
부러진 짐승의 이빨들이 까마귀의 하얀 울음들이
만년설로 쌓이던
유월 산정 그 철조망에도 햇빛은 빛나고
찔레꽃을 꺾어들던 옛길 아직 환히 보이는가
혼돈의 바람 앞에서
자갈밭을 적시고 고이는 땅볕 진홍의 땀이여
연탄재 자욱한 노을을 지고 귀가하던 노동의 나날들

밤이면 마을 밖 논길 위를 날아
미루나무 숲 반짝이며 부서지는 반딧불을 싸안고
어쩌다 지은 업보, 모진 시름도 풀면서
맥없이 지는 天命의 하늘만 지키고 있을 때

작정 없이 떠나온 나의 고향의 몇 뙈기 수수밭이 눈에 보이고
뒤란의 해바라기 그래도 조용히 그림자 내린다
모두가 구겨지고 버려지는 때
행여 깊은 잠들까 몰라
맨살로 흐르는 햇빛을 따라 서럽게 개화하는 판소리
눈물 고운 가락 靑玉빛 마디마디에 불줄기 일던
한마당 억울한 사랑이여
건초더미를 지나 등 밝혀 찾아오는
새벽 첫 닭 울음에 잠을 깬 푸른 잎들의 반란이여
폭풍 속으로 빨려간 도회의 아침 길목에서
형벌의 남루한 옷자락
나는 한줌의 다 꺼진 불티를 날린다

깨진 돌들마저 일어나 춤을 추고 피리 소리를 내는 들길에서
지쳐 누운 말(言)들이 어지럽게 몸살 하는
사랑이 죽어가는 年代를 그 누가
환한 호박꽃 등촉을 밝히울 것인가
절박한 노래의 귓바퀴를 돌아 시간은 새로운 날개를 펴고
無爲의 鍾줄만을 흔들어대는 아이들 어둡게 비틀거린다
맛있게 빨아 먹는 마른 빵 속의 꿀
핏물 밴 서른여섯 장 눈먼 책갈피에
크게 대책 없이 나뒹굴던 겨울 산맥의 때 지난 우레 소리
못물 가득 봄 하늘 더욱 슬픈 장단을 따라
보릿고개 가난을 밤새워 반추하던 잠자리에서

몇 바퀴 刑獄 안을 맴돌고 으는
숨죽인 기침 소리 닫힌 천년의 꿈을 연다.

허망한 소문의 능구렁이 퍼렇게 꿈틀대는 소금밭
울음만 남은 뒷담이여
불면의 밤 연기 속에 띄워 보내는 내 안부여
썩은 보릿대궁을 휘어 넘기며 빗속을 달리고
참회의 금빛 날개를 퍼덕이며
한없는 기도를 퍼 올리며 맨 무릎 꿇어야하는 때
막강하게 나를 장악하던 소음의 무게 먼지를 밟고 올라
우리들 눈멀었던 영혼들 은혜의 눈물로 목욕하고 싶은 때
하나씩 발밑에 떨어져 흘러나가는
서른 해의 마지막 뜨거운 말, 그리고 사랑
밤샘의 마른 기도 끝에 정갈히 남아있는
유년의 꿈 많던 풍경을 나는 응시할 수가 있다

흔들리며 돌아오고
보리밭 이랑마다 아픔을 씻어내는 바람결
피어오르는 체온에 취해
마른 삽자루에 꽃이 되는 이끼여
그 날 失意의 술잔에 가득 넘치던
사랑하는 마을의 고난과 내 가난한 형제들을 생각하며
눈물은 아침 菜田에 일렁이는 햇살의 내음을 맡는다.

빈 터에서

눈 쌓인 伐木숲
까마귀 떼 生血을 핥는 氷河의 참호
병사는 바람을 꺾고 섰다
가늠구멍으로 떠오르는 江岸 저쪽
불빛 따라 흐르는 신음들
기억하는가
코카콜라 깡통 걷어차던 내 유년의 고샅길에서
무궁화 꽃이 피었습니다
무궁화 꽃이 피었습니다
어둠 속에서도 빛을 찾던 음성들
해질녘이면 홀로 뒷산 숲에서 내려오던
울 할아범 젖은 눈가를
니 애빈 호랑이였단다 총탄두 무서워 않는 호랑이……
문득 어깨를 치며 가는 바람
회상의 눈멀고 귀먹은 술잔이여

낯선 풍물들이 여태도 독사의 밤을 밝히고
귀 기울이면 선조들 피의 이랑이 북풍에 묻혀 사무치는데
숨죽인 살쾡이의 늙은 눈알 어둠을 할퀴는
民統線 근처에서 나의 동정은
빈 개펄의 밤게가 되어 다시 밤을 懷妊하고 있었지.

담천의 바리케이드가 언제나 성욕처럼 잠들지 못하는 산하
검붉은 평화와 동질의 악수를 나누며

혼자일 수 없어 떠나오던 날의
흰 손수건과 소망으로 마주쳐가던 저물녘에
눈은 내리고 폐허가 된 전답의 그림자를 밟으며
찢어진 모두가 흩날리고 있었지
궁벽한 겨울의 밤은 소금과 낙엽뿐으로 차 있고
새 한 마리 날아들지 않는 내 영혼의 잿빛 間木에
참형의 달빛은 빛나고 있었지
聖 그리스도의 부활이 캄캄하게 결빙하는 밤
모든 살아있는 것들이 굳어 빛나고
황인종의 혈액이 죽음보다 애절히 그리워져
문득 고쳐 잡은 나의 銃身
비로소 내 부서진 야망의 손은 회복되기 시작한다

미친 듯이 혼돈되어가는 年表 속
패잔의 젊은 의지가 부끄럽게 허물리는 산정에서
병사여 지금은 조용히 계시를 기다려야 하는 시간
남길 한마디 말도 없이 한 무더기 살별 떼로 떠나간
나와 그대의 무장된 밤을 지키던
확신의 불빛들은 어디쯤 흘러가 넘치고 있는가
녹슨 바늘귀에 몇 겹 말씀을 거듭 갈아 끼우는 백발의 어머니
토담집을 넘어온 청포빛 해 밝은 하늘
순은의 새벽 닭 울음소리여
새로이 무릎을 꿇는 맑은 年代의 선두에서
차츰씩 걷어지는 세월의 때

차고 늘 푸르른 종소리 굴욕의 흙빛 얼굴을 닦고
병사는 등피를 손질하듯 한 크립의 실탄을 장전한다

해빙하는 강의 어귀에 서서
찬란한 가을의 田莊 금빛 벼이삭을 손질하기 위하여
뜨거운 모국어로 안부를 쓰노니
영하의 참호, 빈터에
꽃의 풍악 같은 눈은 내려쌓인다

그 사월

흘러가고 있었다
유년의 내실에 바쁘게 끼어드는 먼지를 닦아내며
사월, 그 황폐한 구석에도 하늘은 기어들고
살얼음 떠내려 오는 냇가에서 빛은 움터 나린다
남은 열매 정적을 깨뜨리며 떨어지고 우리는 잠을 깬다
너무나 긴 경련이었으므로 우리는 손실을 두려워한다
탄피에 묻어난 몇 개의 견고한 이유 때문에
동굴 앞에서 홰를 치던 갈가마귀의 각혈 때문에
아직은 돌아가지 못한 새벽 부두에서
꿈의 미궁 기어가는 시멘트 속 버러지여
뛰어가는 피 젖은 살점
알았을까, 판자 삐걱거리는 어두운 통로에서
몇 개의 경험으로 우리가 울며 찾아낸 빵과 자유
언제나 노래가 꺾이지 않는 풀잎들
4월의 수은등은 무화과 잎새 위에서 빛나고
아물지 못한 상처를 다스리며 우리 모두 다시 허기져 돌아올 때
얼굴을 마주하는 사람
그의 눈은 무서운 속도로 나를 장악한다
대낮의 불타는 초원에서
병든 말(言) 넘쳐나는 도시의 거리에서
死者들은 여태도 무쇠탈을 쓰고 있다
뼛속 은은히 봄 강물 넘쳐나고
밤이면 흰 묘비명 피에 젖은 손들이 파도로 쏟아져

낡은 의상을 손질하는 아내의 등 뒤로
미칠 듯 솟구쳐 오르는 채찍 소리
장엄하게 갈라지는 쇠북
캄캄한 바다 깊이에서 날 세운 목마름
삭제된 문장들은 우리들의 뼈와 비겁을 핥고 있다
계시가 차가운 뇌의 세척을 받아들이는 동안
일요일 장미 숲에서도 교회당 종소리 허망하게 부서진다
아무 것도 거느리지 못하면서
적멸조차 포용하는 의지가 자주자주 소리치며 출몰한다
그것은 깃털 흔들며 일어나는 질서의 시작이었다
물기 있는 피부를 말리며
아직 돌아오지 않는 사람의 발소리를 기다리며
아이들은 문마다 빗장을 벗기고 있는데
봄에도 눈이 내리는 우리들의 강산
눈에 묻히는 혁명이여 혁명이여
무너지는 鬼面의 그 위대한 증언이여
서서도 잠 못 드는 우리들
비극 뒤에 오는 산불의 황홀함
새벽 잠 속에서 머리를 들고 일어서
돌팔매 그리고 어제의 남은 취기
언제까지나 침묵임을 거부하는 나의 책상 위에서
부스러진 채 밤을 쪼아 먹는 탁목조
흔들리는 나날의 지표 위에서도
애써 잡은 몇 낱의 감격과 몇 자락 어깨춤은

언제였을까, 그리고 언제일까 몇 날의 분노여
위태하게 가슴 조이며 기다리는 일출의 부두여
빈사의 문설주 넘어서 유리조각처럼 쏟아져
빛을 들고 일어서는 생명 입자들
신발 끄는 넓이로 어둠이 나릴 때
한 때의 방종은 묵은 공복 채우는 욕망으로 되살아오고
그때 마다 불모의 가슴 휩쓸고 가는
하루에도 열세 번은 내리는 비
이미 지났으리
아직도 우리들의 처마 끝에는
빈혈 앓는 식민의 바람이 머물러 있고
나는 문득 속살 찢고 뛰어나오는 문명의 허상을 본다
아침 햇살은 여전한데
무분별한 압력으로 거리에는 녹슨 칼빛 무섭게 너울거리는데
군중의 모의는 시월 산정 촛불로 남아있고
제각기 눈물을 받쳐 들고 모여드는 죽음의 문법
아픈 다리를 끌며 그래도
정확하게 부서질 일정을 하나씩 풀고 싶은 때
피가 역류하는 바닷게의 절규는 쉬지 않고
맨발로 달려온 자갈밭 위로 마른번개는
참억새 엉경퀴 한 맺힌 눈물로 떨어져 눕는다
비록 뽑혔다 할지라도
엄청난 무게로, 소리도 없이
지구의 저편을 울리고 가는 落果의 크고 빛나는 눈처럼

친구여, 전에 만나 그러했듯이 우리, 생각해 보자
몇 삽의 흙에 얹혀오는
언제 다시 맞이할 것인가
거울의 손때를 벗기면서
때 늦게 돌아가는 마취된 시대의 길목에서
그리하여 소용이 다한 지식의 소모와
몰두하지 못하는 우리들 피의 찌꺼기 속에 얼굴을 묻는
시민이여 인류여
달려가고 불꽃은 일어나고
관절 삐꺽거리며 우리의 민주는 뒤따라가고
벌써부터 천천히 녹아내리는 신의 골편
친구여 지켜 보아다오
황토 밑에 깔린 무수한 관계를 위하여
우리들 숨통에 불어넣는 팍팍한 용기
그 신중한 박동의 기도를
마을의 저녁연기여
선회하며 비통한 소리를 던지기도 하며
일정하게 쏟아지는 비늘들의 향방을
우리들의 가슴 위로
중요한 감동이 느릿느릿 살아나는 소망의 아침 한 때
구릿빛 건강의 젊은 인류여
초원에 모닥불 일고 나무 잎사귀마다 별이 부스러지는 소리
산짐승 교합하는 어둠 속에서
씨앗은 늘 애처로운 눈을 뜨고 있다
새로운 시민들이 탄생하고 있다

廢園에서

廢園에서 祈求하던 바람들이 철수해 버린
그 은밀한 정적 속에서 나의 차가운 손들이 흔들리고 있다
무지의 어두운 눈에 불을 켜들고
비틀거리며 돌아가던 한 시절
이제 나는 외로와야 한다

외로와야 한다
크고 훌륭한 강은 범람원을 이루어
검푸른 바다를 향하고
不毛의 덧난 가슴으로 나는 그를 향할 때
태양은 낯선 각도에서
빛을 내고 이윽고 어둠 속에 잠긴다

〈태초에 말씀이 있었으니〉
언제나 새로 시작하는 고달픈 이 시간에
나는 계시를 기다린다
싱싱한 공기와 음향은 친밀한 것
꽃의 뒤안에서 성장하는 순수를
늘 두려운 눈을 가진 아이가 발견하는
나의 四季여

가진 자에게 비굴함이 없는
가난하나 의로운 사람이 되기 위하여
건강과 용기를 딛고 올라서는 아침을 마시기 위하여

꿈이 꿈을 갉아먹는
불안한 머리를 가지런히 다스리기 위하여
손가락 사이로 흘러 떨어지는 시뻘건 포도즙을 본다
머리카락 희게 물들이고 간 상징이여
그 슬프도록 미쁘오신 마리아의 옷자락
눈물방울을 회상하게 해 다오

그곳에는 달빛이 차갑고 크고 웅장한 그늘이 드리워 있다
나의 소망은 개천에 뒹구는 작은 돌멩이
낱낱이 갈라지는 빛의 한 부분이며 또한 조화된 목숨이다

나의 발이 지나간 어두운 증거가
곳곳에 結晶으로 쌓여 있고
그러나 당신은 아직도 저 너머 언덕 위에 있어
부끄럼 잘 타는 나의 눈빛은 가물거리고
여기 서 있다고 믿어지지 않는 새벽
새벽에 젖빛이 도는 꽃병이며 자개며 소반들은
상쾌함에 감겨 깊은 상흔을 노래하고 있다
쓰러지는 집들을 울리게 하는 속삭임같이

그것은 평원에 부서져 술렁이고
계절이 바뀔 때마다 나를 여는 새로운 아픔
내가 당신에게로 갈 수만 있다면
나의 꿈이 나를 배반할지라도

나무의 눈 짐승의 눈
물의 영원한 흐름이 책상 위에 넘치리
이런 病으로 하여 나는 당신의 가장 순정한 부분
당신의 메아리를 향하고 있는 것이다
봄이 수목의 긴 종말을 차단하듯이
벽에서 나의 눈을 돌리게 하라

나는 잠들었으면 하지만 숙면 속에서
맑게 깨달은 하늘의 빛이여 일어나라
나를 굽어보시는 항시 눈부신 처녀
밤이 우리들의 燈皮를 나무들 사이로 날려 버린다
은밀한 정적 속에 나의 차가운 눈들을 멈추게 하라

두 손을 모으게 하라
무지와 회한 불타는 눈으로 비틀거리던 죄많은 날들이여
나는 아직도 많이 조심스러워하며
어린 날의 꿈 어루만지며
철지난 열매처럼 그저 붙어 있어야만 하는 것인가

시인의 말

詩와 철학을 몰라도
부끄럽지 않은 生을 마치신 부모님을 생각하면
나는 시인도, 철학자도 못 된다.
뒤돌아보면 나의 피멍든 발자국마다
두려움과 떨림 가득 고여 있다.

시인이란 이름 때문에 진 빚이 크고도 깊다
詩歷 30년에 이제사 시집을 묶고 보니
丁迅 선생님과 최원규 교수님의 얼굴이 떠오른다.
서문을 기꺼이 써 주신 김종길 선생님께
머리숙여 감사드린다.

언제쯤, 다다를 수 있을까?
함께 어울려 댐을 만들고
生의 水位를 조절하며 사는 비버들의 삶에……

2009년 봄
송한범

지은이 송한범

인쇄일 초판1쇄 2009년 5월 13일
발행일 초판1쇄 2009년 5월 17일
펴낸이 정진이
총괄 박지연
디자인 김숙희 선승희
편집 강정수 이원석
마케팅 정찬용
관리 한미애 손지애
펴낸곳 새미

등록일 2005| 03 14| 제17-423호
서울시 강동구 성내동 447-11 현영빌딩 2층
Tel 442-4623 Fax 442-4625
www.kookhak.co.kr
kookhak2001@hanmail.net

ISBN 978-89-5628-310-4 *03800
가격 12,000원

* 저자와의 협의하에 인지는 생략합니다.
새미는 국학자료원의 자회사입니다.
잘못된 책은 구입하신 곳에서 교환하여 드립니다.